_____ 님께

지난 한 해
베풀어주신 은혜에 감사드립니다.

새해에는 더욱 건강하시고
가정에 사랑과 행복이 가득하시길 기원합니다.

새해 복 많이 받으세요!

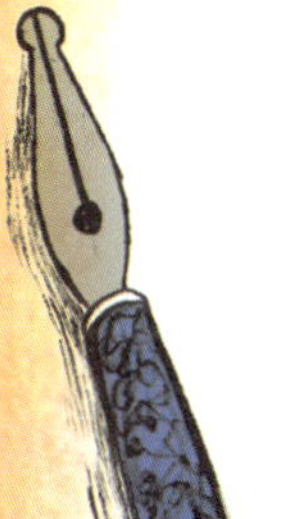

_____ 드림

365일 행복한 상상

'에펠 플라워'의 비밀

얼마 전 영국에서
길이가 무려 7m나 되는 괴물 해바라기가 등장했다는
이야기가 해외토픽이 됐습니다.

언론 보도에 따르면
이 해바라기는 영국의 켄트 주 마게이트에 사는
이브 필딩 할머니의 집 평범한 정원 한 귀퉁이에서
자라고 있다고 합니다.

이 할머니는 지난 봄, 네 살짜리 손녀와
누가 심은 꽃이 더 잘 자라나는지 내기를 하자며

정원에 여러 가지 꽃씨를 뿌렸는데,

그 중 해바라기 꽃씨는 다른 꽃씨를 뿌리고

남은 자리에 하나를 더 심었다고 합니다.

이 해바라기는 하루가 다르게 자라나더니

금세 손녀의 키를 넘어섰고,

이내 157cm인 이브 필딩 할머니의 키까지 넘어서더니

7.01m까지 자라났다고 합니다.

이 해바라기는 에펠탑에서 연상된 '에펠 플라워'

혹은 괴물해바라기로 불리며

주위의 화제가 되고 있는데,

해바라기의 키가 1.03m만 더 자란다면

지난 2009년 8월 독일에서 기록한

'세계에서 가장 큰 해바라기' 기네스북 기록을

넘을 수 있다고 합니다.

불과 3, 4개월 만에 이렇듯 경이적인 성장을 한

'에펠 플라워' 해바라기의 비밀은 무엇일까요?

취재진과의 인터뷰에서
이브 필딩 할머니는 이렇게 말했습니다.
"특별한 방법은 없었어요. 그냥 매일 물을 주면서
'이렇게 잘 자라주어서 기특하고 고맙구나!' 라는
말만 늘 해줬어요."

해바라기가 정말로 할머니의 칭찬을 알아들은 걸까요?

우리가 하는 말에는 특별한 기운이 있다고 합니다.
《물은 답을 알고 있다》의 저자 에이모토 마사루 씨는
물에게 어떤 말이나 어떤 음악을 들려주느냐에 따라서
물의 결정이 달라진다고 주장합니다.

'감사합니다' 나 '사랑해' 같은 말을 하면
정육면체의 아름다운 결정이 생기고,
욕설이나 소음을 들려주면 불규칙하고 혐오스런 모양의

결정을 나타낸다고 합니다.

무생물인 물도 인간의 말에 반응을 보인다는 얘기인데
하물며 생명을 가진 꽃이나 우리 인간은
더 말할 필요도 없겠죠?

좋은 말, 긍정적인 말은
좋은 기운과 긍정의 힘을 안겨줍니다.

'칭찬은 고래도 춤추게 한다'는 말
잊지 마세요!

크리티컬 매스Critical Mass

성공한 사람들은 말합니다.

내가 원하는 멋진 인생을 만들기 위해서는

내 안에 크리티컬 매스가 만들어져야 한다고.

그리고 100퍼센트의 노력과 실력을 발휘하라고.

그때까지는 결코 뒤를 돌아보거나 멈추지 말라고.

크리티컬 매스란 용어는 물리학에서 시작된 개념으로

'어떤 핵분열성 물질이 일정한 조건에서

스스로 계속해서 연쇄반응을 일으키는 데 필요한

최소한의 질량'을 말합니다.

얼마 전 《크리티컬 매스》란 책을 펴낸 백지연 씨는
"내가 바라는 모습으로 스스로를 만들어가기 위해
쌓아야 할 훈련과 노력, 인내의 양"이라는 뜻으로
크리티컬 매스를 정의하고 있습니다.

성공하는 사람들은 길을 갈 때도
100리 길 중 이미 90리를 지나왔어도
이제 절반을 지났다고 생각한답니다.
어렵고 힘들게 90리 길을 걸어왔어도
마지막 남은 10리 길을 완주하지 못한다면
그 길은 영원히 가지 않은 길이 되기 때문입니다.

물은 99도에서는 절대 끓지 않습니다.
물이 끓기 위해서는 마지막 1도의 화력이
더 있어야만 합니다.
반드시 100도가 되어야만 하는 것입니다.

10리만 더 가면 목적지에 도달하는데,

1도만 더 불을 지피면 물을 끓일 수 있는데
이렇게 목전에서 포기하거나 좌절한다면
이보다 더 안타까운 일이 또 있을까요?

이제 다 와 갑니다.
고지가 눈앞에 있습니다.
조금만 더 이를 악물고 마지막
젖 먹던 힘까지 내봅시다.

내가 가진 실력과 노력을
100퍼센트 쏟아 부을 수만 있다면
내 인생에 결코 후회는 없을 것입니다.

가나슈Ganache 이야기

초콜렛에 생크림을 섞어 만든 크림을
'가나슈' 라고 부릅니다.
또 프랑스어로 '가나슈' 는
'바보, 얼간이, 무능한 사람' 이라는 뜻을 가진
단어라고 합니다.
그런데 어떻게 초콜렛을 만드는 크림을
'가나슈' 라고 부르게 된 것일까요?

19세기 프랑스 파리의 어느 과자 제조공장에서
한 견습생이 판형 초콜렛의 재료가 든 냄비 안에
끓는 우유를 쏟는 실수를 저지르고 말았습니다.

그 때문에 그 견습생은 주방장에게 혼이 난 것은 물론
바보, 얼간이(가나슈) 취급을 받았습니다.
하지만 견습생은 주눅이 들기는커녕
오히려 이상한 호기심이 발동했습니다.
실수한 재료를 버리지 않고 잘 섞어서
어떤 결과물이 만들어지는가를 보고 싶었던 것입니다.
결과는 의외로 놀라웠습니다.
지금까지 맛보지 못한 놀랄 만큼 부드러운 맛과
독특한 풍미가 느껴졌던 것입니다.
그 후 가나슈는 초콜릿 장인들에게
가장 사랑 받는 재료가 되었답니다.

출판경영자이자 에세이스트이며
《가르시아 장군에게 보내는 편지》의 저자이기도 한
엘버트 허버드는 이렇게 말합니다.
"우리들이 인생에서 범하는 최대의 실수는
실패를 두려워하여 끊임없이 겁을 먹는 것이다."

현명한 사람은
실패와 실수를 통해서 새로운 무엇인가를
배워가는 사람입니다.

좋은 친구

"사장을 하고 있을 때는
돈을 버는 것이 재산이라고 생각했는데
결국, 친구야말로 진정한 재산이더라고요!"

일본인들이 가장 존경하는 기업인이며,
세계적인 회사 혼다자동차의 창업자인
'혼다 소이치로'의 말입니다.

그는 또 '좋은 친구를 몇 명 가지고 있는가?'가
그 사람을 평가하는 기준이라고 말합니다.

당신은 어떻습니까?

같은 가치관을 가지고

서로 깨달음을 나누어 가질 수 있는

그런 친구가 지금 당신 곁에 있습니까?

아니면 당신 자신이

누군가에게 그런 친구가 되어주고 있나요?

좋은 친구는

내가 가진 세상 최고의 자산입니다.

실패인가? 투자인가?

IBM의 설립자인 토머스 J. 왓슨.

어느 날 젊은 부사장이 그에게

무언가를 개발해보겠다며

1천억 달러를 지원해줄 것을 요청했습니다.

왓슨은 그를 믿고 과감하게 지원을 했습니다.

하지만 결과는 처참한 실패로 돌아왔습니다.

왓슨은 젊은 부사장을 사무실로 불렀습니다.

풀이 죽은 부사장은

왓슨의 사무실로 들어서며 이렇게 말했습니다.

"저 때문에 회사가

엄청난 피해를 입었다는 것을 알고 있습니다.

제가 모든 책임을 지고 물러나겠습니다."

그러자 왓슨은 이렇게 말했습니다.

"뭐라고? 회사를 떠나겠다고? 농담이겠지!

나는 이번에 자네를 교육시키는 데

1천억 달러를 투자한 걸세.

그러니 우리 다음 계획이나 이야기해 보세."

성공의 반대말은

실패가 아니라 포기입니다.

실패는 성공으로 가는 과정 중의 하나입니다.

포기하지 않는 사람에게 결코 실패란 없습니다.

그들에겐 실패마저도

성공으로 가는 하나의 여정일 뿐입니다.

실패와 성공을 결정짓는 것은

'포기하느냐, 포기하지 않느냐.' 입니다.

'포기'란 배추를 셀 때나 쓰는 말이며,
한낱 나약한 자들의 변명일 뿐입니다.

진정한 프로

애연가인 신도가 신부님에게 물었습니다.
"신부님, 기도를 할 때
담배를 피워도 될까요?"
그러자 신부님은 정색을 하며
신도를 꾸짖었습니다.

역시 애연가인 다른 신도가
그 신부님에게 물었습니다.
"신부님, 제가 담배를 피울 때
기도를 해도 될까요?"
신부는 감동어린 표정으로 신도를 바라보며

그의 깊은 신앙심에 칭찬을 아끼지 않았습니다.

한 쇼핑센터의 휴게실에서
커피와 우유를 팔고 있었습니다.
영업 직원은 고객에게 다가가 이렇게 말했습니다.
"고객님, 커피 드시겠습니까?"
"고객님, 우유 드시겠습니까?"
그러나 돌아오는 대답은 대부분 "No."였고
그만큼 매출도 저조했습니다.

낮은 매출 때문에 고민이 깊었던 영업 직원은
고심 끝에 멘트를 바꿨고,
한 달 후 매출은 폭발적으로 증가하기 시작했습니다.
영업 직원이 바꾼 멘트는 무엇이었을까?

"선생님, 커피를 드릴까요,
우유를 드릴까요?"

사람들에게 한 가지 질문을 하면
대부분 부정적인 답변이 먼저 나온다고 합니다.
하지만 이처럼 선택식 질문을 하는 경우에는
무의식적으로 둘 가운데서
하나를 선택하는 경우가 많다고 합니다.

작은 생각의 차이와 변화가
아마추어와 프로를 결정짓습니다.

반드시 밀물은 오리라

철강왕 카네기의 사무실 화장실 벽에는
허름한 그림 액자가 걸려 있었습니다.
유명 화가의 작품도 아니었고
작품성이 느껴지는 그림도 아니었습니다.
썰물 때 백사장에 박혀있는 낡은 나룻배 한 척과
노 하나만 놓여 있는
황량하고 초라한 느낌의 풍경화에 불과했지만,
카네기는 그 그림을 평생
보물처럼 아꼈다고 합니다.
그림이 좋아서가 아니라
그림 밑에 적혀 있는 글귀 때문이었습니다.

"반드시 밀물은 밀려오리라.
그날 나는 바다로 나아가리."

끼니를 걱정해야 할 만큼 힘들었던 젊은 시절,
세일즈맨으로 이집 저집 물건을 팔러 다녔던
카네기는 어느 날,
한 노인의 집에서 이 그림을 만나게 되었습니다.
특히 그림 밑에 새겨진 글귀는
단번에 그의 영혼을 사로잡았고,
그날 이후 일생 동안
그의 생활신조가 되었습니다.

카네기는 힘들 때마다 이 글귀를 기억하면서
인생의 '밀물'이 밀려올 그 날을
손꼽아 기다렸던 것입니다.

지금 당장 힘들고 고통스러운 현실일지라도

우리 인생에도 반드시
밀물이 밀려올 날이 있습니다.
그때까지 우리는 결코
희망의 끈을 놓아서는 안 됩니다.

낭중지추(囊中之錐)라는 말이 있습니다.
주머니 속에 든 송곳은 그 끝이 뾰족하여
언젠가는 주머니를 뚫고 비어져 나온다는 말로,
능력과 재주가 뛰어난 사람은
언젠가는 두각을 나타내게 된다는 뜻입니다.

꿈이 있는 한,
가슴 속에 희망을 품고 있는 한
반드시 밀물은 찾아올 것입니다.

가시장미, 장미가시

한 엄마가 두 아이를 데리고
장미축제가 열리고 있는 화원에 갔습니다.
천방지축 뛰어다니며 꽃을 구경하는 아이들.
그런데 잠시 후 큰아이가 달려와서
다짜고짜 나가자고 엄마를 졸랐습니다.
"엄마 여기는 안 좋은 곳이야. 빨리 나가자."
엄마는 아이를 안아주며 물었습니다.
"왜? 무슨 일 있었어?"
그러자 아이는 뾰로통한 표정으로 말했습니다.
"아니, 그냥 꽃에 전부 가시가 있으니까 싫어."
이럴 땐 아이에게 어떤 이야기를 해줘야 할지

엄마는 난감하기만 했습니다.

그때 작은 아이가 달려와 말했습니다.

"엄마, 여기는 참 좋은 곳이야.

우리 많이많이 놀다 가자!"

뜻밖의 얘기에 궁금해진 엄마가 물었습니다.

"그래? 넌 여기가 왜 좋은데?"

둘째아이는 해맑은 표정으로 대답했습니다.

"가시밭에 예쁜 꽃들이 아주 많이 피었잖아."

세상의 모든 사물은

보는 이의 시각에 따라서 서로 다른 존재가 되고

서로 다른 의미를 지니게 됩니다.

장미를 볼 것인가? 가시를 볼 것인가?

장미를 보면 아름다운 화원이지만

가시를 보면 위험한 가시밭일 뿐입니다.

현실을 직시하는 것도 중요하지만
어떤 현실 속에서도 밝음과 아름다움을 발견해내는
긍정의 마음, 따뜻한 시선을 가지는 것이
더 중요하고 소중한 일입니다.

유쾌한 유머

미국의 영부인이었던 바바라 부시 여사가
어느 대학 졸업식장에서 축사를 하게 되었습니다.
그녀는 졸업생들에게 축하 메시지를 전달하며
이렇게 말했습니다.

"여러분 중에는 저처럼 백악관의 안주인이 될 사람도
있을 것입니다."

부시 여사는 잠시 졸업생들을 바라보고는
곧이어 이렇게 말했습니다.

"그 남학생에게 행운을 빕니다."

순간, 졸업식장에는 폭소와 박수갈채가 쏟아졌습니다.

　　상대방의 마음에 가 닿지 않는 말은

그저 소리에 불과합니다.

한마디의 말이 상대방의 마음에 가 닿을 때

비로소 대화가 이루어지고 소통이 가능해집니다.

특히 유머는 상대방을 행복하게 만들고 싶은

진실한 마음에 재치와 순발력이 더해진 것입니다.

누군가의 마음을 유쾌하고 행복하게 만드는 일은

결국 나 자신을 행복하게 하는 일입니다.

거울의 법칙

어느 UN 친선 대사가

아프리카 대륙 순방에 나섰습니다.

그는 아프리카 대륙 순방에서 돌아온 후

아프리카 사람들이 세계에서 가장

형편없는 사람들이라고 비방하고 다녔습니다.

세관 직원은 불친절하고

택시 기사의 서비스도 형편없으며

음식점에서 서빙을 하는 직원들은

무례하기 짝이 없다는 내용이었습니다.

세월이 흐른 뒤, 그 친선 대사는 책을 읽다가

우연히 이런 구절을 발견하게 되었습니다.

'세상은 그 자체가 거울이다.
모든 사람은 이 세상에서 자신의 그림자를 본다.'

그 후 그는
또 한 번 아프리카 순방을 가게 되었습니다.
하지만 이번 순방은 지난번과는 전혀 다른
느낌이었습니다.
그의 얼굴에서 미소가 떠나지 않았던 것입니다.
불친절했던 세관 직원은 온데간데없고,
택시 기사와 음식점 직원은 모두 친절했으며,
곳곳에서 만난 모든 사람들이 그를 가족처럼
따뜻하게 대해주었습니다.

거울은 나보다 먼저 웃지 않습니다.
내가 먼저 웃을 때
거울은 비로소 미소를 보여주며,

내가 먼저 손을 내밀 때

거울 또한 나에게

따뜻한 손을 내밀어 줍니다.

내가 온화하면 세상은 따뜻해지고

내가 행복할 때

세상은 한없이 아름답기만 합니다.

열정

우리나라 최초의 신식 학교인 배재학당에
도산 안창호 선생이 입학시험을 치를 때의 일입니다.

배재학당을 세운 아펜젤러 선교사가 직접
면접관으로 나와서 소년 안창호에게 질문을 했습니다.
"어디서 왔는가?"
"평양에서 왔습니다."
"평양에서 여기까지는 상당히 먼 거리가 아닌가?"
"예, 한 8백 리쯤 됩니다."
순간 고개를 갸웃거리던 아펜젤러 선교사가
다시 물었습니다.

'8백 리? 아니 가까운 평양에서 공부하면 되지
무엇 때문에 이렇게 먼 서울까지 온 건가?'
소년 안창호는 아펜젤러 선교사를 똑바로 쳐다보며
반문했습니다.
"미국은 서울에서 몇 리입니까?"
"한 8만 리쯤 되겠지."
선교사의 대답에 소년 안창호는
당당하게 이야기했습니다.
'8만 리 밖에서도 공부를 가르치기 위해 오는데,
배우겠다는 사람이 겨우 8백 리를 찾아오지 못할
이유가 무엇입니까?'
소년 안창호는 그 자리에서 합격했습니다.

진실한 마음은 사람의 마음을 움직이고
뜨거운 열정은 사람의 영혼까지도 감동시킵니다.

안도현 시인의 〈너에게 묻는다〉란
시 구절이 떠오릅니다.

"연탄재 함부로 차지마라

너는

누구에게 한번이라도 뜨거운 사람이었느냐"

소똥과 꽃

한 시인이
스님과 불경에 대한 논쟁을 벌였습니다.

오랜 논쟁 끝에 스님이 시인에게 물었습니다.
"당신 눈에는 제가 무엇으로 보입니까?"
"안타깝게도 제 눈에는 스님이 소똥으로 보입니다."

그 말에 스님은 빙긋 웃더니 이렇게 말했습니다.
"저는 시주님이 한 송이 꽃으로 보입니다."

주지스님과의 논쟁을 마친 시인은

만족스러운 기분으로 집에 돌아와서 아내에게
주지스님과의 논쟁 이야기를 들려주었습니다.

남편의 이야기를 듣고 있던 아내가 한마디 했습니다.
"다른 사람이 소똥으로 보이는 걸 보니,
당신 마음에는 소똥이 가득 차 있겠군요."

내 몸에서 그윽한 향기가 풍기길 바란다면
우선 내 마음에 꽃을 한 아름 품고 볼 일입니다.

발상의 전환

정년퇴임한 사람이 학교 부근에 집 한 채를 마련하고
평온한 노후를 보내고 있었습니다.
그러던 어느 날부터 밤마다 몇 명의 젊은이들이
집 근처에 몰려와서 쓰레기통을 차기도 하면서
시끄럽게 놀기 시작했습니다.
밤마다 소음에 시달리던 그 사람은 고민 끝에
그 젊은이들을 직접 만나기로 작정했습니다.

그는 젊은이들에게 다가가 말했습니다.
"자네들 때문에 매일 밤이 즐겁네. 앞으로도 날마다 이렇
게 쓰레기통을 차면서 즐겁게 해주면 한 사람당 1달러를

주겠네."

젊은이들은 뜻밖의 제안에 신이 났고

다음 날부터 더욱 요란하게 떠들어댔습니다.

며칠 후, 다시 젊은이들을 찾아온 노인은

어두운 얼굴로 그 젊은이들을 불러서

이렇게 말했습니다.

"요즘 주가 폭락으로 내 수입이 줄었다네. 그래서 말인데

미안하지만 내일부터는 한 사람당 5센트씩밖에 못주겠

네."

젊은이들은 이번 제안이 썩 내키지는 않았지만

그래도 공돈이 생기는 것을 포기할 수는 없어서

밤마다 계속해서 쓰레기통을 차며 놀았습니다.

다시 며칠 후에 나타난 그 사람은 젊은이들에게

이렇게 말했습니다.

"알다시피 갈수록 주식시장이 악화되고 있네. 이러다간

나도 깡통을 찰 형편이네. 그래서 앞으로는 2센트밖에 못

주겠네."

그 말은 들은 젊은이들은 화가 난 얼굴로 말했습니다.

"2센트라고요? 우리가 아무리 할 일이 없다고 고작 2센트 때문에 한밤중에 이 짓을 한단 말이에요? 당장 그만두겠어요."

밤마다 소란을 일으키던 젊은이들은 그렇게 떠나갔고
그 사람은 예전처럼 다시
평온한 일상을 맞이할 수 있게 되었습니다.

세상의 어떤 힘보다도 강한 것,
그것은 바로 지혜입니다.

마지막 한 발 더

〈달과 6펜스〉의 작가 서머싯 몸.

그가 무명일 때 몇 년 만에 새로 출간한 책이

잘 팔리지 않자 고심 끝에

자비로 광고를 하기로 결심합니다.

어떻게 하면 가장 적은 돈으로

가장 효과적인 광고를 할 수 있을까를 고민하던 그는

고심 끝에 신문사를 찾아갔고,

다음날 아침 신문에는 이런 광고가 실렸습니다.

"마음 착하고 훌륭한 여성을 찾습니다.

저는 스포츠와 음악을 좋아하고 성격이 온화한
백만장자입니다.
제가 바라는 여성은 최근에 출간된
서머싯 몸의 소설 속 주인공 같은 분입니다.
자신이 그 소설 속 주인공과 닮았다고 생각되는 분은
즉시 연락주시기 바랍니다."

그 신문광고가 나간 지 며칠 만에
서머싯 몸의 책은 날개 돋친 듯 팔려나갔고, 그는
하루아침에 유명작가의 반열에 오르게 되었습니다.

동트기 직전이 가장 어둡다고 합니다.
한 발만 더 나아가면 서광이 비출 텐데
마지막 그 한 발을 내딛지 못하고 주저앉는 것이
우리네 보통사람들의 인생살이입니다.

지나친 고민과 걱정은
쓸데없는 두려움만 키울 뿐입니다.

고민과 걱정을 과감하게 떨치고 일어나

생각을 실행에 옮길 때 성공에 다가설 수 있습니다.

희망의 메시지

최악의 불황에 빠진 미국 경제를

뉴딜정책으로 살려내고 4선 대통령을 지낸

프랭클린 D. 루스벨트.

그가 기자회견 중에 한 기자에게 질문을 받았습니다.

"대통령께서는 초조하거나 걱정거리가 있을 때 어떻게

마음을 다스리십니까?"

그 질문에 루스벨트는 미소를 지으며 대답했습니다.

"그럴 땐 휘파람을 붑니다."

기자는 의외라는 듯 다시 물었습니다.

"제가 알기로는 지금까지 대통령께서 휘파람을 부는 것

을 보았다는 사람은 없는 것 같은데요."
그러자 루스벨트는 기다렸다는 듯이 대답했습니다.
"당연하죠. 저에겐 아직까지 휘파람을 불만큼
초조하거나 걱정되는 일이 없었으니까요."

루스벨트 대통령의 이 한마디는
불황의 늪에 빠져있던 미국 국민들에게
희망과 용기를 안겨주었습니다.

조지 버나드 쇼는
'희망을 품지 않는 자는
절망도 할 수 없다.' 고 말하고,
헬렌 켈러는 '희망과 자신감이 없으면
아무것도 이루어질 수 없다.' 고 말합니다.

우리에게 그런 희망을 안겨주기도 하고
때로는 송두리째 앗아가기도 하는 것,
그것이 바로 말 한마디입니다.

성공의 비결

절친한 두 친구가 있었습니다.
그들은 같은 직장을 다니다가 퇴직하고
비슷한 시기에 각자 창업을 했습니다.

그런데 몇 년 후,
한 친구는 부도를 내고 회사 문을 닫아야했고
다른 한 친구는 건실한 중견기업으로 성장했습니다.

하루는 부도를 내고 방황하던 친구가
성공가도를 달리고 있는 친구를 찾아갔습니다.
"정말 잠도 안자면서 열심히 했는데….

여보게, 자네가 승승장구한 비결은 도대체 뭔가?"

그러자 그 친구는 대답 대신

러시아에서 사 온 마트로시카를 내밀며 말했습니다.

"이 인형 안에 내가 성공한 비결이 들어 있네."

집으로 돌아온 친구는 마트로시카를 살펴보았습니다.

인형 안에 작은 인형이 있고,

그 안에 더 작은 인형이 있고……

이렇게 총 다섯 개의 인형이 들어 있었습니다.

그리고 마지막 가장 작은 인형 속에

친구가 쓴 쪽지 한 장이 들어 있었습니다.

'내가 성공한 비결이 있다면 아마도 그것은 나보다 크고

뛰어난 사람을 채용하려고 항상 노력한 것이네.

그러다보니 난쟁이 같았던 회사가 나도 모르는 사이에

거인처럼 큰 회사가 되어버렸다네.'

널리 인재를 구하고자 한다면

먼저 나를 낮추어야만 합니다.
나를 낮추는 것이 상대를 높이는 길이고,
상대를 높이는 것은 나에 대한 상대방의
호감도를 높이는 지름길이기도 합니다.

미래를 결정짓는 차이

건물을 신축하는 공사 현장에서

열심히 벽돌을 쌓고 있는 사람들이 있었습니다.

지나가던 한 사람이 다가와서 그들에게 물었습니다.

"지금 무슨 공사를 하는 겁니까?"

그러자 첫 번째 사람이 귀찮다는 듯

퉁명스럽게 대답했습니다.

"이거 안 보여요? 지금 벽돌 쌓고 있잖아요."

그러자 두 번째 사람이 친절하게 말했습니다.

"여기에 38층짜리 주상복합건물을 짓는 중이랍니다."

이번에는 세 번째 사람이 웃음을 지으며 말했습니다.

"우린 지금 이곳에 새로운 도시를 세우고 있답니다."

그 후, 10년이란 세월이 흘렀습니다.

퉁명스러웠던 첫 번째 사람은

여전히 공사장에서 벽돌을 쌓고 있었고,

친절했던 두 번째 사람은

그 곳의 현장소장이 되어 있었으며,

밝은 웃음을 지어보이던 세 번째 사람은

건설회사의 사장이 되어 있었습니다.

세상은

보이는 만큼 내 것이 되고

생각하는 만큼 현실이 됩니다.

마음먹기에 달렸다

아프리카의 초원에 보잘 것 없게 생긴
흡혈 박쥐가 살고 있습니다.
그런데 이 작은 체구의 흡혈박쥐가
야생마의 천적이랍니다.

흡혈 박쥐는 야생마를 공격할 때,
항상 야생마의 다리 위에 달라붙어서
날카로운 이빨로 재빠르게 야생마의 다리를 물고 뾰족한
입으로 피를 빨아먹습니다.
야생마가 아무리 날뛰어도 이 흡혈 박쥐는
절대 떨어지지 않습니다.

흡혈 박쥐는 배가 부를 때까지
피를 빨아먹고 난 뒤에야
야생마에게서 떨어져 제 안식처로 날아갑니다.
흡혈박쥐에게 물린 야생마는 피를 흘리면서
미쳐 날뛰다가 마침내는 죽음에 다다릅니다.

그런데 동물학자들에 따르면
흡혈 박쥐가 빨아들인 피의 양은
야생마를 죽음으로 몰아넣기에는
너무 적은 양이라고 합니다.
그런데 야생마는 왜 죽음에까지 이르렀을까요?

야생마가 죽음을 맞이한 직접적인 원인은
공포감을 이기지 못하고
격분한 성질 때문이라고 합니다.

18세기 프랑스의 바스티유 감옥에서는
실제로 이런 일도 있었다고 합니다.

형을 집행하기 위해

단두대 앞에 끌려 나온 사형수의 목에

작은 얼음조각 하나를 떨어뜨렸더니

사형수가 이내 숨을 거두었다고 합니다.

모든 것은 맘먹기에 달렸습니다.

말기 암 판정에 시한부 선고를 받고도

특별한 치료 없이 병을 극복하고

새로운 삶을 사는 사람들을 종종 보게 됩니다.

이들의 공통점은 모두

새로운 마음으로 여생을 준비했다는 것입니다.

자신이 걸린 병에 연연하기 보다는

남은 인생과 오늘에 감사하며

즐겁게 살아가려고 애쓴 결과였습니다.

죽음의 가장 큰 원인은

삶에 대한 좌절과 포기입니다.

그것은 곧 꿈을 잃어버리는 것입니다.

꿈을 잃는다는 것은

죽은 것이나 다름이 없습니다.

목숨을 구하지 못한 정상인

두 눈이 보이지 않는 맹인과

두 귀가 들리지 않는 귀머거리,

그리고 건강한 보통사람 두 명,

이렇게 네 사람이 함께

협곡을 지나가게 되었습니다.

협곡은 험준했습니다.

양쪽으로 낭떠러지가 펼쳐져 있고,

골짜기에는 급류가 흐르고 있었습니다.

낭떠러지에는 몇 개의 낡은 쇠사슬과

금방이라도 무너져 내릴 것 같은

허름한 다리가 하나 놓여 있었습니다.

네 사람은 순서대로 한 사람씩 쇠사슬을 붙잡고
낭떠러지에 기대서 앞으로 걸어 나갔습니다.

그런데 놀라운 일이 벌어졌습니다.
맹인과 귀머거리인 두 사람은 모두
무사히 다리를 건넜지만
사지가 멀쩡한 두 사람 중에서 한 사람만이
무사히 다리를 건넜고
나머지 한 사람은 낭떠러지 아래로 떨어져서
급류에 휩쓸리고 말았습니다.

맹인이 말했습니다.
"저는 두 눈이 보이지 않아 발밑의 급류와
험준한 낭떠러지를 보지 못합니다.
그래서 바람이 낭떠러지에 부딪히는 소리를 따라
조심스럽게 제가 가야할 길을 판단했습니다."

귀머거리인 사람은 다음과 같이 말했습니다.

"저는 발밑의 급류 소리가 들리지 않아서
아무런 공포 없이 다리를 건널 수 있었습니다."

건강한 사람 중에서 다리를 무사히 건넌
한 사람은 이렇게 말했습니다.
"전 다리만 건너면 된다고 생각했습니다.
발밑에 있는 급류소리와
눈앞의 험준한 낭떠러지는 상관하지 않았습니다.
그저 한걸음씩 잘 가야겠다고 생각했습니다."

우리 속담 중에
'모르는 게 약이다.' 라는 말이 있습니다.
때로는 지나치게 많이 아는 것이
독이 될 수도 있습니다.

무지보다 위험한 것이 바로 교만입니다.

천당과 지옥의 차이

죽어서 하늘에게 간 사람이 하느님에게 물었습니다.

"천당에 있는 사람은 늘 즐거운데,

지옥에 있는 사람은 왜 즐겁지 않은 거죠?"

"그 이유를 알고 싶은가? 좋아, 나를 따라오게."

맨 처음 들른 곳은 지옥의 방이었습니다.

방 안에는 많은 사람이

커다란 솥 앞에 빙 둘러앉아 있었습니다.

솥 안에는 맛있는 음식이 가득 들어 있었지만

사람들은 하나같이 불만스런 표정을 짓고 있었

습니다.

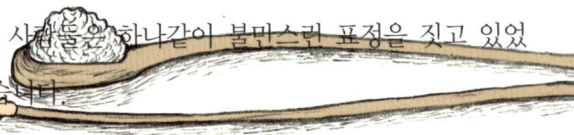

그들이 들고 있는 숟가락이 너무 길어서
음식물을 입 안에 넣을 수가 없었던 것입니다.

이번에는 천당의 방으로 들어갔습니다.
천당 사람들 손에 들려 있는 숟가락의 길이도
지옥과 똑같았습니다.
하지만 사람들의 얼굴에는 기쁨과 만족감이
넘쳐나고 있었습니다.
도대체 그 이유가 무엇이었을까요?
그 궁금증은 금세 풀렸습니다.
천당 사람들은 긴 숟가락으로 퍼 올린 음식을
자신의 입이 아닌 다른 사람의 입에 넣어주고
있었던 것입니다.

모든 불행의 시작은 욕심에서 비롯됩니다.
욕심을 버리지 못하면 그 곳이 바로 지옥이고,
욕심을 버리고 나면 그 곳이 어디든
천당이 됩니다.

금화 한 냥짜리 행복

부자로 살고 있는 부부가 있었습니다.
그들은 매일 큰돈을 벌어들였지만
매일 이런저런 걱정이 끊이지 않았습니다.

그 부잣집 담벼락 밑에는 두부를 팔아서
하루하루 연명해가는 가난한 부부가 있었습니다.
그들 부부에게서는 항상 웃음꽃이 피어났습니다.

비록 가난하지만 항상 행복해 보이는
이들 부부에게 질투를 느낀 부잣집 부인이
어느 날 남편에게 말했습니다.

"누가 당장 저들의 웃음을 빼앗아버렸으면 좋겠어요."
그 말을 들은 부자 남편은 주머니에서
금화 한 닢을 꺼내더니 망설임 없이
가난한 부부가 있는 담장 너머로 내던졌습니다.

여느 날과 다름없이 두부를 팔고 있던 가난한 부부는
갑자기 발치에 떨어진 금화를 발견하고는
전혀 생각하지 못했던 고민에 빠지고 말았습니다.

'이 금화는 도대체 어디서 날아든 것일까? … 어떻게 하
면 더 많은 금화를 얻을 수 있을까?'
온갖 고민에 사로잡힌 가난한 부부는 며칠 동안
제대로 먹지도 못하고 잠도 제대로 이루지 못했습니다.

급기야는 목숨 같던 두부를 파는 일도 그만두었고,
그들 부부에게서는 더 이상
웃음소리가 들리지 않았습니다.

가난하지만 행복했던 두부장수 부부는
세상 무엇과도 바꿀 수 없는 소중한 것을
금화 한 닢과 바꾸고 만 것입니다.

365일 행복한 상상

엮은이 | 곽동언
펴낸이 | 우지형

인　쇄 | 하정문화사
일러스트 | 송진욱
디자인 | Gem

펴낸곳 | 나무한그루
주소 | 서울시 마포구 동교동 165-8 엘지팰리스빌딩 727호
전화 | (02)333-9028　팩스 | (02)333-9038
E-mail | namuhanguru@empal.com
출판등록　제313-2004-000156호

ISBN 978-89-91824-35-5 03810
값 3,800원